JN061127

短詩計畫第二

# 天體地圖

芳賀ひらく
Haga Hiraku

Collegio

# 天體地圖　目次

# I

2002-2010

## 昇天雨下

請(こ)ふ請ふと呼ばふる魂(たま)の在れぞかし夢眼間(まなかひ)に惑ひ目覺めぬ

雀々何化生せん春の宵

覗くことならじ浄玻璃春の闇

世の遠(とほ)に吾(あ)も耳澄ます花嵐

竹の雨汝(な)が魂魄(たましひ)よ生(お)ひ初めよ

曙は預言　鶏(にはとり)　結句空(ケックー)

莢青く胚膨らみぬ聖受胎

永遠の命怖ろし聖母月

狂氣なき宗世にあらじ染卵

あぶらなの實莢(みさや)は多(さは)にふくらみぬ小指(をゆび)觸るれば青堅き乳

日曜の彌撒(ミサ)告ぐる鐘ディロン・ダン邪宗約せり永遠(とは)を命を

木の國青

ぞわと吹く風の縫ひ目ぞ五月盡

赤芽黐シルル紀偲べ赫曄(かくゐう)祭

蝙蝠(かはほり)は金星(ヴヰナス)五度掠(たびかす)めけり

青葉冷裸虫往ぬ人形町

梅雨入りぬ前線胃壁に停滞す

科木（しなのき）の蘂果つる露地卯波青

霧雨の青や番（つが）へる鳩の蒼

木の國の葩皆（はなみな）白き南紀雨期

鵜も鷺も日がないちにち碧（あを）薄暑

栗の葩（はな）山法師の葩栃の葩皆白かりき紀伊は霧雨

鵜は黑き翅を拡げて船端の蒼（あを）鷺の尻日永凝視（みつめ）し

藝術(あだごと)は不如裸(はだかにしかず)青蛙

旦未來言語(あさまだきことば)ありてか啼き交はし喚(よ)び満ち響(とよ)む鳥や鳥刻(とりどき)

**提灯亭凌霄花賛江**

檜葉垣の隅一木(いちぼく)を搦め上げ凌霄花(のうぜんかづら)今盛りなる

凌霄花(ノウゼン)ノ　先マデ攀ヂテ　垂レ下ガル

凌霄花ハ　百十燭光(カンデラ)　金ノ盃

凌霄花ハ　高杯（タカツキ）底ニ　露溜メキ

凌霄花ハ　香（カヲリ）無クシテ　誑（タラ）シケル

凌霄花ヲ　裂キ舐ム微カ　蜜ノ味

凌霄花ハ　夜モ其儘　見世ヲ出シ

凌霄花ノ　大風過ゴシ　褰（ヤツ）レタル

凌霄花ハ　目立チタガリノ　藪枯ラシ

凌霄花ヤ　梅雨明ケズシテ　晩夏哉

## プラチナム

白き腹手足投げ出し道の央(あう)見知る蟾蜍(ひき)なむ夜半に後(あと)問ふ

ツキニツキ　デジタル少年　月日記

ツキニツキ　デンドロカカリア　病(ヤミ)ノ月

ツキニツキ　電氣鋸　御墨月

ツキニツキ　善知鳥（ウトウ）番頭　運ノ月

ツキニツキ　伽藍亜字欄　翳（カブリ）月

ツキニツキ　阿黨暗闘　衣紋月

ツキニツキ　六根清淨　顎足月

ツキニツキ　蕪大根　水ニ月

ツキニツキ　御新造サンハ　狐月

**雌岩魚**

鉄器もて岩魚割きたり夕陽前滑め彈かるる掌指のエロス

秋水ニ　汝泳ゲル　見蕩レケル

欠伸シテ　岩魚陽ヲ呑ム　マタ泳グ

縁先ヲ　秋陽透セリ　鰭白キ

身ニ纏フ　模様ト色ト　粋ノ極

時々ニ　大口開ケテ　威張リ居リ

イヤシキハ　汝ガ性ナリキ　釣ラレケル

暴ルルモ　一時ナリキ　魚籠ノナカ

腹割カバ　仄朱（ホノアカ）腹子　腸（ワタ）少シ

鹽塗（マブ）シ　炙（アブ）リ屠レル　汝ガ體

**火磐（ホイハ）**

國生みの郷の神樂は鄙振りて田夫鈿女の酒事色事

秋夜思モ　掌ニ潜熱ノ　冷マサレズ

冬發（タ）チテ　目ニ山脈（ヤマナミ）ヲ　親シウス

山幼（ヲサナ）　産毛（ウブゲ）白金　眠入端（ネイリバナ）

冬銀河　阿蘇陥没（カルデラ）ニ　發情（サカリ）セン

弓立セバ　日向ノ海ニ　冬ノ雷

咳ケバ　佳人人ノ寝息　豆電球

夜神樂ノ　女面佳（ヨ）カリキ　火ノ埋女（ウヅメ）

湯煙ニ　冬蝶浴（ユア）ム　地獄カナ

短日ハ　泥湯ノ泡ニ　吸ハレケリ

國見丘　金毘羅坐(マ)シテ　日向ボコ

山頭火為(ナ)ラズトモ皆歳ノ暮

熱燗ヲ三合生(せい)ハ夜ト霧

忘年ノ酒手向ケナム　偽(イツハリ)橋

**逆旅**

東海道藤枝宿は上傳馬酒場八〇灯(はちぼし)の静なる

ナニモノカ露地奥ニ見ツ誘ヒツ

古刹アリ石門鐘樓雨打タセケリ

夜ヲ劃シ其ノ樹ハアリヌ待チ居リヌ

歳ノ瀬ノ七百逢瀬松皮（ハダ）觸リヌ

轉生ニ骨取リテ來ヨ寒鴉

ギシギシト音タテ妊婦鱈切リヌ

## 弦月

バウバウと二月の風の渦巻ける來世はあらず前世はあらず

梅花蕊　夜風弄玩　薫不盡

電線ハ　走リテ喚(ヲラ)ブ　六聯星

凍銀河　震ヒ落トセヨ　蝶五億

弦月ヤ　樓骨スデニ　朽チテヲリ

春來ラシ　街ニ雨降ル　地震(ナヰ)來ラシ

ウチドモリ　戀猫叫(アメ)ク　弦月(ツキ)取ラセ

コップ挿ス　芹身ヲ起コス　食ベテヤル

酒斷チテ　腹這ヒテ讀ム　實朝忌

一三七　億年二月ノ　夜衆生

## 目ノ宇宙

太古の海（み）栄えしものは石灰（いし）となり原油（あぶら）となるもヒトは何なる

春逝ケル　ヒト分子ナル　雨露ヲ飲ム

生キ急グ　春ヤ幻　眼ノ宇宙

生クルモノ　正義ナ問ヒソ　春藥殺

逸雄（ハヤリヲ）ノ　棺小窓ニ　藥一本

去年今年　四月手ニセシ　花白キ

嫩(ワカ)葉雨　牝鹿(シカ)自害シテ　足痕(アト)モナシ

花白キ　杜鵑ハ未ダ　血ヲ吐カヌ

四月盡　アノ世ハアラズ　死ネバ限(キリ)

索引ヲ　ツクルシアハセ　春ノ宵

**夢淺キ**

マヅヒヨドリソシテニハトリノチカラス ヒトオトマダキナツノアケガタ

嘴(くち)絡め倶に頭を挙げ下げしまた嘴絡む梅雨入りの鳩

ヒャンヒャンヒャント　鳥啼キ初夏ノ　朝來ラシ

桃ノ實ノ　崩ルルヲ見キ　變聲期

萬緑ヤ　人ヲ殺傷(アヤ)メシ　コト何(イッ)代カ

群落ハ　襲フガ如シ　藪径（コミチ）

庭先ニ　毒矯（ドクダミ）ノ葩（ハナ）　蹲（カガ）ム母

葩潜（ハナムグリ）　九瓣閉鎖花　溺ルル香（カ）

髪洗フ　若キ祖母居テ　肩白キ

フォンフォンハ　鹿（カ）ノ仔泉ノ　夏木立

## 市隅

颱是（タイフウハ）　熱帯精氣（アニマトロピカ）　可受肌（ハダウクベシ）

カフェ裏ハ　凶暴葎　窗（マド）埋メキ

白猫のナゴナゴ言ひて露地行けり口端（くちは）出でたる尾羽根仔雀

黒仔猫　ジイジイ蟬ヲ　銜（クハ）へ來ル

嗚呼と啼く口端（くちは）に下げし胸和毛（にこげ）鴉踏みたる首無土鳩

嫩葉雨　鴉鳩喰フ　透谷（スキヤ）橋

三毛猫は横坐りして頭捩（ね）じ片脚立ちて股間舐め居る

猫小路　眷属出マセ　秋立チヌ

黒仔猫半眼据へて見送りぬ紐間の散歩狆伊勢踊り

**秋塔**

白塔の螺旋登れる外は群青（あを）いづれのひにか母に還（かへ）らん

星月夜　天體手ヲ出シ　絡メアフ

秋櫻（コスモス）ヤ　四方八方　横毆リ

玻璃窗（マド）ヤ　葡萄轉ガル　闇ノ奥

地圖室ヤ　眼球（メダマ）ガヒトツ　大銀河

生身（イキナガラ）　刺睛（ヒトミササレシ）　雁ノ塔

階段（キザハシ）ハ　螺旋産道　吾未生

吾母是（ワガハハハ）　白塔（ハクタフナリキ）　秋眸子（アキノメノ）

萩零ル母左眼ノ　労（イタツキ）ニ

## 冬野

幻ノヤウニ　深イ穴ガ　襲ツテ　來タ

冬野ニテ　少年夕陽ニ　犯サレキ

冬蝶ノ　群襲ヒ來ル　瀬ナ行キソ

柊(ヒヒラキ)ノ　葩(ハナ)卒然(ツト)零ル　密告者

髪留(カミドメ)ハ　匍匐散開　冬蛹

小祈願(プティ・ヴー)テフ　麺麭屋襲撃　雪兎

赤狐　父晩節ノ　錯誤カナ

時既ニ　遅カリ会長(オヤブン)　黒鼬

冬ノ虹　誰ソ襲ヒケン　朱ノ虹

ポインセチア　零ス花瓣ハ　ナカリケリ

**月長石**

足乳根の母の棺に蓋さる時伯母等膝行(いざ)寄りて號泣(な)きたまひける

母擦(さす)ル　コトナク死ニス　七月七日(タナハタ)

夏萩ヤ　眞晝ノ豪雨　棺出ヅ

五十路ナル　母拾ヒケリ　灰ノナカ

母送リ　二十年(ハタトセ)經ヌル　黄水仙

彼時(カ)ノヤウニ　足入レテ寝(イ)ヌ　寒ノ夜
雪片ノ　次々地上ニ　至ラザル
冬菫　夕暮ナレバ　月長石
水落ツル　ヒトナキアトニ　氷トナル
オルゴオル　ヒトナキアトニ　飄トナル

**月下氷**

シェルブウル　ヒトナキアトニ　雹トナル

赤蛙　ヒトナキアトニ　兵トナル

犬盛ル　ヒトナキアトニ　叫トナル

鳥辷ル　ヒトナキアトニ　兇トナル

蟲猛ル　ヒトナキアトニ　俠トナル

烏賊走ル　ヒトナキアトニ　象トナル

腸カタル　シトナキアトニ　業トナル

海螢　ヒトナキアトニ　蝶トナル

鶯ヤ　グデングデンノ　壺ノ中

燕來テ　泥ナキ街ヲ　奔（ハシ）リケリ

**海墓**

古電車　平野弧ニ裂キ　春ヲ裂キ

新墓地ヤ　海風花瓣ヲ　掃シタリ

瓣（ハナビラ）ヲ　二枚拾ヒヌ　吉ト凶

春岸壁　牡蠣ノ何ヤラ　申（マホ）スヤラ

鶺鴒ヨ　尾振レ汝ノ　在（ザイ）ナレバ

# 露頭

近寄レバ　花過グ菫　露頭雨期

蟻過(ヨギ)ル　關東ロームノ　重濕リ

ローム層　崩ルルトコロ　百合裂ケリ

石刃モ　飢餓モ含(フフ)ミテ　地層雨期

香煎(ハッタイ)ヤ 東京輕石層　觸(フ)リキ

# 吶喊

夏ノ晨（アサ）　モノミナ白キ　近カリキ

夏野來テ　コノ世ニ在ルト　イフ不思議

親木絞メ　根腐ルルマデ　凌霄花（ハナ）盛ル

燭臺ハ　崩レ墜ンヌ　凌霄花吶喊

凌霄花倒レ　亂レテ伏シテ　顔舉ゲテ

花失セテ　凌霄花(ノウゼン)素性ヲ　露ハセリ

緑蔦(アヲヅタ)ノ　夜　蹲(ウヅクマ)ル　邪淫カナ

瓣(ハナ)去リテ　花柄(クワヘイ)天指ス　指骨トス

鋸齒立テテ　葉波　總統居ラルベシ

葉群立チ　叢(クサムラ)猛ル　夏叫喚

籐椅子ノ　深ミ情事ヲ　俟チ候

夏ノ庭　少年自（オノヅカ）ラ潰レ

片陰ヤ　吾ガ焼ク煙　見ヌ煙

川床造作（ユカツクリ）　人柱テフ　コトアリキ

足裏ニ　川砂涼シ　遠入日

川内

莫蓙延ベテ　岩魚ノ會話　聽キテ居シ

川床(ユカ)降リテ　對岸(キシ)藪ニ灯點(トモ)シ　戻リケル

螢來ヨ　此ノ世ノ宴　今ナレバ

夜ノ河ヲ　螢トトモニ　渉リケル

尺八(ブルース)ハ　螢誘ヒ　川上(カミ)ニ消ヘ

# 十六夜

穴ヲ掘ル　陽ハ中天ニ　汗穴ニ

振リ被（カブ）ル　鐵器重心　夏絶巓

オワア猫　威嚇シ合ツテ　街無月

キリル虫　卵管出ヅル　紅キモノ

グルグ狗　寝惚涎ニ　溢（アブ）ルル蚊

ケクレ鶏　銀ノ水環（ミナワ）ニ　夢淺キ

ジリ蚯蚓（ミミズ）　何時天才　亞天災

スニ兎　番フ相手ハ　金ノ舟

メメ海月（クラゲ）　釣ラレテ俺ハ　月ヂャナイ

タラシ貛（グマ）　臟腑　黝（アヲグロ）　十六夜

精靈蝗虫(キチキチ)擬ノ　腹捩リ曲ゲ　交尾セル

黄身時雨　一ツ残シテ　晝ノ月

寺島ヨ　野菊應戰　ジボ・アン・ジャン！

堀切ヨ　犬蓼追尾　ジボ・アン・ジャン！

成増ヨ　酸漿照覧　ジボ・アン・ジャン！

臨月

岩淵ヨ　瓢簞起請　ジボ・アン・ジャン！

水元ヨ　糸瓜糖尿　ジボ・アン・ジャン！

北澤ヨ　木犀破水　ジボ・アン・ジャン！

大森ヨ　林檎錯亂　ジボ・アン・ジャン！

落合ヨ　秋櫻未遂　ジボ・アン・ジャン！

篠崎ヨ　木賊臨月　ジボ・アン・ジャン！

打越ヨ　龍膽帰還　ジボ・アン・ジャン！

**朔冬**

寒暁ノ　雲動カザル　トヲテクウ

冬野行　イミジキ笛ハ　天ニアリ

掌ノウヘニ　盛リタル土ノ　冬芽カナ

玻璃衣装　探偵照ラス　冴エノ月

罪咎ノ　標（シルシ）アラハル　ペテルギウス

四輪馬車　シジカニキシレ　聖夜過グ

銀紙ヲ　掘リ中ツ（ア）市街（マチ）ハ　薄暮ナル

ニツケルノ　犬猫羊　寒ノ雛

寒犬ヤ　見知ラヌ街ノ　知ラヌ月

クサレユク　白菊ニホフ　トヲルモウ

勘繰ヤ　宿借（ヤドカリ）三匹　笊ノ中

穿鑿ヤ　常節（トコブシ）如何シテ　生キテヰル

陰謀ヤ　昨日蛙ノ　目借時

朧月

雑言ヤ　口開ケタママ　蜆汁
讒謗ヤ　蟻穴ヲ出ヅ　ドコヘユク
逆上ヤ　鮭五郎テフ　佃煮屋
堪忍ヤ　獣交ルコト　ドップラー
恩讐ヤ　田螺デアツテ　ソレデイイ

惻隠ヤ　山鳥尾羽ヲ　置イテユク
哀憐ヤ　何處マデ行ツテモ　螢烏賊

桃ドモハ　元ヨリ嬌女　暈（クル）メカス
桃ドモハ　夕陽透カシテ　立ツテヰル

## 桃谷

山郷ハ　桃花殷盛　暮ツ方

桃ドモハ　ウネウネ冥土（ヨミヂ）　昇リ來ル

桃ドモハ　笑ミヲ聯ネテ　洒（ソソ）ギヰル

桃ドモハ　睦ミシ瞳　待ツテヰル

桃ドモハ　胸乳露ハニ　吹カレヰル

桃ドモハ　夜ノ沈黙（シジマ）ニ　彈ケヰル

桃ドモハ　タシカニ其處デ　待ツテヰル
桃ドモハ　此ノ世ノ果テニ　立ツテヰル

マナカヒニ　麥芒搖リキ　Annabel Lee
キシノベハ　葉櫻小闇　Annabel Lee

## 夢ノ丘

It was many and many a year ago

ワレカラニ　羊蹄（ギシギシ）抜キテ　Annabel Lee

ミタガヒニ　花撒キ流シ　Annabel Lee

ミヅワタリ　酸漿草（カタバミ）花踏ミテ　Annabel Lee

テヲツナギ　薔薇ノ香ヲ埋メ　Annabel Lee

ヒソヤカニ　百合ノ香ヲ埋メ　Annabel Lee

テンジャウハ　茴香ノ花　Annabel Lee

ユフサレバ　星髪洗フ　Annabel Lee

## 九段

皇(おほきみ)は神にしませば戰負け人王(ひとわう)たるは詐欺のまた詐欺

官軍ノ　死者聚(アツ)メタル　木下闇

夜盗蟲(ヨタウ)　名簿デ神ヲ　造リヲリ

一絡(カラ)ゲ　祀ル穴子モ　飛魚モ

杜鵑（ホトトギス）　信教自由　ナキアカシ

空爆ノ　骸窖（ムクロアナグラ）　名モ不問（トハズ）

九段坂　上ハ英靈　下災民

饐（ス）ヘ飯ノ　零（コボ）ル拾ヘル　赤子（セキシ）カナ

孫太郎　死セル殺（アヤ）メル　他國ニテ

## 野川

青山（セイザン）ニ　餓死シテ坂上　神社カナ
五十年　百年謗（ソシ）ラル　夏ノ果
草ノ穂ヤ　野川ノ果テノ　紅ノ空
紅ノ雲　少々アトハ　蟲ノ聲
鈍色ノ　水東流ス　月上弦

秋扇ノ　半バ開キテ　流レケル

蝙蝠ハ　矩形亂舞ス　多重奏

夕焼ハ　闇ニ轉ゼリ　無伴奏

青松蟲　ヒトハ抱キアフ　モノナレバ

夜ノ萩　縺レテ逃ル　ヒトナリキ

# 霜葉

札挿シヤ　此處カラ當分　闇ニ入ル
人テフモノ　アリキタ燒　唯夕燒
桔梗(キチカウ)ノ　種紫ノ　壺ニ入レ
松膚ハ　アタタカキ膚　紅五葉
日暮ニハ　トホクナリユク　白野菊

水音ヤ　月ガ昇ツテ　來タヤウダ

夜ノ森　藥局一軒　灯イテヰル

栗ヤ栗　片半毬栗　鼠(ネズ)ノ帽

絶巓ヤ　ココマデオイデ　寒昴(プレアデス)

栗ノ木ハ　夜葉ヲ數フ　五十六

鈴振谷　ユキテカヘラヌ　冬ノ蝶

紅屋町　ユキテカヘラヌ　穴兎

銀（シロガネ）堀　ユキテカヘラヌ　寒鴉

袖摺坂　ユキテカヘラヌ　赤狐

姿見橋　ユキテカヘラヌ　緋連雀

采女原（ウネメ）　ユキテカヘラヌ　寒ノ犬

鏡池　ユキテカヘラヌ　黒鼬

局澤（ツボネ）　ユキテカヘラヌ　鷦鷯（ミソサザイ）

笄川（カウガイ）　ユキテカヘラヌ　冬ノ蜂

乙女山　ユキテカヘラヌ　尉鶲（ゼウビタキ）

# 水葬

夕暮ノ　水誘ヒヌ　黒キ翳

夕暮ノ　水貪婪ニ　滞流（ヨドミ）ケリ

夕暮ノ　水佇立セル　山頭火

夕暮ノ　水剥キ出シノ　五億年

夕暮ノ　水殺到ス　天末線

夕暮ノ　水叫喚ス　A感覚

夕暮ノ　水夥シ　落暉球

夕暮ノ　水浸セカシ　汝ガ骨墓

夕暮ノ　水寡黙ナル　競泳場

夕暮ノ　水潜ミ居ル　超高層

# 泥

象（カタチ）アル　モノミナ崩ル　流レ去ル
身ヲ反リ喚（ヲラ）ブハ　人デナク泥

池出來（イデキ）　野径（ノミチ）街路（マチミチ）　水ノ底
ゴム長没シ　遊ブ昔日

鐵塔ハ　震フ傾ゲル　懸垂ス
電線捩レ　宙ヲ這フ鞭

路肩ヨリ　濁リ水見ユ　奔リ出ヌ
　羊羹割レテ　餡子溶ケユク

根コギナル　木ノ夥シ　橋ニ塞ク
　山ノ崩ルル　街ノ腐(クタ)ルル

門脇ニ　竝ビ群レ咲ク　桔梗花
　朝ニ出テ見ル　夕ニ出テ見ル

ザクザクト　木ヲ伐リ枝刈リ　草ヲ薙グ

**別墅**

生殖（フ）ユルコト　生捐（ス）ツルコト

指觸レバ　零ル轉ガル　黒漿果

夏陽ノ滴　口中ノ熱

見ヘ隠レ　スル谷筋ヲ　沿ヒ下ル

乗合自動車（バス）客一人　眼ノ深緑

拳擧グ　入道雲ノ　力瘤

黄金（キン）ノ夕陽ヲ　沈メ聳ユル

## 秘蹟

青空ニ　オホキ眼ノ浮ク　秋ナリキ
　光透レル　風ノ透レル
ユラユラト　葉末ハ光ル　竹ノ春
　三千世界ニ　五度啼ク鴉
家々ノ　白ク光レル　秋日カナ
　呼吸（イキ）ルハ秘蹟　微熱（ネツ）アル貴石

一遍ノ　歩キ卒セル　道ノ果
　菜蟲蟋蟀　稗葛ノ花

夕邉ニハ　蒼ク溶ケユク　街ノ秋
　啼ク音（ネ）ノナベテ　青松蟲（マツムシ）バカリ

霧ノ海　鬱金（ウツキン）ノ船　紅ノ船
　言祝（コトホ）ギヤセン　弔ヒヤセン

色鳥ヲ　纏メテ吸ヒキ　椎ノ木ハ

眞夜屈（マヨクグ）モリテ　ソシテ飛ビ立ツ

新月ヤ　紅下袴　舞ヒ唄フ
蛇惑ヒケム　蟲亂レケム

秋水ノ　瞬時窪メル　穴立テル
魚影ヲ見ズ　鳥姿見ズ

秋陽差ス　紅キセダンハ　發火セリ
車停メナキ　斷崖ノ上

繊月ヤ　仄カニ紅キ　西ノ空
　　相模地溝ニ　夜落チ來タル

抉リ出シ　月ト名ヅケシ　海ノ泥

特急(ソニック)ヤ　亦亦月ノ　横笑ヒ

晩秋ノ　白鳥斜メニ　入水セリ

**舌妙**

伴天連大名大友宗麟臼杵丹生(ニブ)嶋ニ海城ヲ築ケリ

東天ハ　獵男（オリオン）磔刑　奴サン

天狼（シリウス）ハ　イアン・ギランノ　山ノ端

中天ニ　滲ミ垂レタル　十七夜

十七夜　臼杵城舐ム　月ノ舌

海ノ舌　月ノ舌先　絡メトル

## 天狼

空濠ノ　叢濡ラス　月ノ舌

湧水ヤ　月ノ舌先　觸ルルトキ

天狼ノ　空ニ時計ス　眠レザル

天狼ハ　窗端ニ着キヌ　眠レザル

奈落ナリ　奈落吾ナリ　寒昴

崖アリキ　崖悲哀ナリ　獸道

夜ノ水ニ　落葉重ナリ　潜ミ居ル

冬ノ水ヲ　凝視(ミツ)メ居ル者　凝視メラル

枯野ニテ　小獸振向キ　歩ミ去ル

冬野中　座ス者一人　寄レバ石

# 煮凝

幹抱キ　情ヲ交ハサン　冬野夜

冬枝ヲ　捩リ縛シテ　魂請ハン

聖護院　首ハナクトモ　斷（ブ）チ斬ラル

斷チ斬ラル　ソモ鮟鱇ト　牛（ギフ）ノ舌

冬ノ蜘蛛　音タテテ落ツ　臺所

嚙ム快ヲ　頭骨ニ受ケル　干大根

ヤハラカキ　蟲ノ腹部ノ　煮凝(ニコゴ)リヌ

鶏タチハ　蹴爪殘シテ　煮凝リヌ

赤蕪ヤ　割ラレテ嬉シ　食サルル

赤蕪ヲ　割ラズソノママ　食シテモ

吊スモノ　柿鮟鱇ニ　止マラズ
吊シ斬リ　眞空斬リモ　鎌鼬
修善寺ハ　風ノ辻ニテ　番傘(カサ)破ル
苔石モ　梅瓣(ハナビラ)蒔繪ノ　横毆リ
春嵐　水庭音無ク　膨レケリ

桂谷

春嵐　斯クナルユフベ　入水セル

オフィリアノ　氣配漂フ　春ノ宵

水妖子(オンディーヌ)　嵐ノ夜ニ　潜ミヰル

翌朝ハ　古キ旅荘ノ　濁リ池

早春ノ　空光飛ビ　風爆(ハゼ)ル

梅林ノ　茶室ニ富士ノ　端座セル

右肩ニ　雲巻キ左　光ル富士

垳（ガケ）下デ　左足ニテ　踏ミタラシ

富久町　七匹八匹　御出ラシ

阿彌陀佛　切通シ上ニ　御座ルラシ

紀伊國坂

襤褸直立　嘴大事ニ　眠ルラシ

鎧戸ハ　夜ノ青桐　食ベルラシ

離宮ニハ　含羞草（おじぎさう）居テ　疲ルラシ

案ノ條　紀伊國坂ニモ　御出ラシ

雨ノ夜ニ　背丈伸シテ　覆フラシ

黯キ水ハ　一刻震ヒテ　吼ユルラシ

辨慶橋　蹲踞ミテ一人　待テルラシ

重陽ノ　夜乳ヲ煮ル　夢ヲ見ル

重陽ノ　夜豐饒ニ　括（クビ）レケル

重陽ノ　夜亡キヒトト　聲交ハシ

重陽

重陽ノ　夜開ケラレヌ　小函持チ

重陽ノ　夜叔父死ニテ　手ヲ握ル

重陽ノ　夜木喰ヒ虫　喰ミテ居シ

重陽ノ　夜風ガ來テ　母ガ來テ

重陽ノ　夜砂利ヲ喰ム　下駄ノ音

## 秋日

重陽ノ　夜煮ル乳ノ　色ヅケル

私テフ　獄ニ一生　鉦叩（カネタタキ）

芋ナンゾ　カマハンデヨシ　女郎花（ヲミナヘシ）

靈長類（レイチャウルイ）　言フテミタダケ　螽蟖（キリギリス）

身體ハ　遺傳子ガ乘ル　秋（シウ）電車

アナタタチ　皆ンナ死ニマス　吾亦紅（ワレモカウ）

永劫（エイゴフ）ノ　回帰ナカラン　牛膝（ヰノコヅチ）

何度デモ　觸（フ）レテ摘（ツマ）ンデ　秋海棠（シウカイダウ）

コノ士（ヲトコ）　喰ヘバ旨カロ　狗尾草（ヱノコログサ）

囮（ヲトリ）小屋　鴉逆サニ　暴レ月

## 吊ルス

人間ハ　殖エスギタノネ　秋日照

吊ルサレテ　検印（スタンプ）捺サル　十七夜

吊ルサレテ　喋リツヅケル　畫像（ビジョン）人

吊ルサレテ　口ダケ殘ル　深海魚

吊ルサレテ　歩キツヅケル　鐵兜

幾房ノ　奇妙ナ果實　搖レテ冬

富裕柿　一〇〇〇組吊ルセト　ロシア人（ウラジミル）

イエステフ　ヲトコ知ラルル　吊ルサレテ

彼地ニテ　吊ルシ吊ルサル　日本兵

回轉翼機（ヘリ）飛（ダ）シテ　水ノナカカラ　吊ルサント

秋出水　腕×（カヒナクロス）シ　呑ミ込マル

**父葬**

母の立ち父椅子に在る記念寫眞（フォト）殘り父母寫眞屋の何（いづ）れ責むべき

花過ギテ　ツイト隠ルル　此世カナ

清拭（セイシキ）ヤ　卒然哭（ナ）ケリ　涕（シタタ）レリ

葛岡ニ　父焼ク煙　花の屑

鳥雲ニ　入リテ九十二（ソツジュ）　些（チ）ト足ラヌ

和箪笥ノ底ニ罪アリ父卒ス

ツァール森　沸キ立ツテヰル　蟲ノ聲

雨季ノ森　聲ノミ満ツル　蟲蛙

萬緑ヤ　吾身サヘコソ　搖ルガルレ

乳頭

水楢ハ　實生ノ砌　得度セリ

嶽樺（ダケカンバ）　薄皮三枚　奉リ

蟲癭ヤ　上不見櫻（ウハミズ）　御亂心

草蜘蛛ヤ　大龜木（オホカメノキ）ノ　舞臺裏

大蟻ヤ　水芭蕉テフ　持佛堂

橡（トチノキ）モ　板屋楓樹（イタヤカヘデ）モ　フンフンフン

## 七夕

神佛（かみほとけ）無してふ父の逝き三月（みつき）電飾の飛行機（ふね）宵天を過ぐ

風ガ吹ク　其日還暦　母死ニキ

母死ニキ　其日（ソレ）七夕ノ　午（ヒル）豪雨

七夕ヤ　死セシ母吾　同イ歳

七夕ハ　眞ツ暗窗カラ　風ガ吹ク

七夕ハ　全裸闇風　吹キ曝シ

七夕ヤ　夜ノ干（ホ）シ物　斜メナル

織姫ヤ　風ノ唇　闇ノ膚

七夕ヲ　過ギテ猶風　眞裸

## 猫城

グズグズと霜融道を登りゆき高射砲址陽は傾けり

正月モ　テレビ新聞　猫騙シ

正月ヤ　猫町ヲ行ク　鰹節

咬合ツテ　新年二日ノ　御挨拶

薄氷（ウスラヒ）ヤ　パチリパチリト　猫ノ耳

奥ノ澤　枯葉ノ下ノ　猫目草

二ノ丸ハ　砲座ノ下ノ　土竜（モグラ）孔

空濠ニ　凧墜落ス　鯣（スルメ）凧

銅像ヤ　マタタビアゲテ　ホンネンモ

# Ⅱ

2011-2016

## 真夜中の崖

真夜中に水の光りて満ちてくる

真夜中に鏡屋二人訪ね来る

真夜中にうしろの正面私だけ

真夜中に鍋割峠に埋めてくる

真夜中に天神様の細道で

真夜中に灰撒人と成申

真夜中に崩橋渡つて沓掛けて

真夜中に崖鳥来い来い言うて翔ぶ

真夜中に崖猫ならはるよろしおす

真夜中に飛行崖来て待つてゐる

護謨

幅広のゴム輪乾きてすべりけり

ゴムマリの臍出しベタつき硬くなる

エンピツを削る鼻先あてる嗅ぐ

消しゴムの尻押す剝き出る白い肉

灯に翳(かざ)す Blue black ゴムの蓋

撥條秤(ばねばかり)引いて戻して気に障る
瀬戸物のカチリカチリと運ばるる
紙袋破れ床打つ鉄亜鈴
木の椅子の足絨緞を引摺りぬ
松脂(まつやに)の雫琥珀にならずとも

初雪の断崖残し降りしきる

せりあがりひしめきあひてただ氷

鈍色（にびいろ）の青塊（あをかたまり）のそそり立つ

指触ればややあたたかき氷河かな

岩砕き呑み転がせる谷氷河

水晶

御影石生き残りたる人の裔（すゐ）

じゃがいもの球緑色花紫

きいちごとえぞいちご食べ生きてゐた

稲妻や石灰石は薔薇の海

ジュラ紀岩少し溶かして冬の雨

## 轆轤

真夜中に轆轤（ろくろ）をまはす猫二匹

真夜中に外耳引っ張る指天使

真夜中に弓弦（ゆんづる）月に同期して

真夜中に革靴やうやく口を割り

真夜中に土竜（もぐら）顔出し御参なれ

真夜中に花一匁で帰れない

真夜中に尺取虫の訪ね来る

真夜中にでんでん太鼓がしょっ引かれ

真夜中に桂樹(カツラ)飴屋の店展(ひろ)げ

真夜中にヤンマのヤゴが顎を出し

## 卵

しはしはと骨噛み見遣る冬の雨此魚生（あ）れて漁（すなど）られしを

茹卵堪忍どすゑと笑ひをる

茹卵剝かず紅なぞ差してみる

茹卵剝くまで水に転がして

茹卵尻叩かれて剝かれけり

茄卵摘んで嗅いで舐めてみる
茄卵オリーブオイルを塗ってみる
茄卵剝かれ女の口の中
茄卵糸を当てれば光る桃
茄卵糸切り後も離れない

## 二題

古き唄低く唄へば吾胸に児は頭付け寝入りたるらし

白金の雫垂（ふ）る垂る笑ふたび

高い高いすれば笑涎（よだれ）の降りかかる

歯もなくて言葉もなくて神のうち

ただ笑ひただ泣ける児をただに抱き

きぬごしやつきたてもちやまごのしり

トンネルをななつやつぬけ雪野ぬけ友は夫婦（ふたり）し宿屋営む

雪の原二つに割れて融けゆけり

夜の道みな濡れてゐる北陸路

滂沱たる雪が降るなり加賀の春

金沢やトキ様どじやうを買ひに行く

死なば野に禽獣餓をしのぐべし

**福島県双葉郡川内村**

みちのくの楢葉郡（こほり）の木戸川の谷間の村に人の影絶ゆ

見えぬもの降り来（く）全村離脱とす

この道やいつまたたどる赤い月

山里は水あまかりきニガヨモギ

生きてまた目（ま）みゆることの青蛙

山寺や草萌え墓を埋めんとす

山里や文庫の池の赤い月

山里や辛夷蕾のままにして

山里に人の影絶ゆ水の音

消ゆるものバビロン電飾村は人

村ひとつ地獄の上の花見かな

**仙台市若林区**

閖上(ゆりあげ)・荒浜　［挽歌］

つねあれば　春待つ田面(たづら)

地異津波　汚泥ひろがり

流木や　ひしゃげた鉄の
色あせて　散じ突き立ち

杉の木の　転じ重なり
絡む根の　何をか掴む

アスファルト　舗装はちぎれ
「止まれ」字の　砂に座礁し

松林　ばきりばきりと
胴だけの　列をつくれり

少年の　足裏（あうら）砂掻き
貝採りし　古き運河は

海側の　片岸のみに
とりどりの　瓦礫山なす

今日は晴れ　空の青きに

片雲(くも)の下　異臭少(すこ)しく
指(さ)す方に　老眼(おひめ)凝らせば
セロファンの　風に捲れて
三本の　枯花斜めに
泥に挿しあり
一月の経つ

標識は泥に顔伏し片手挙ぐ

残骸やパワーシャベルの屈むまま

力士墓棹石ぐいと西を向き

よみがへる浪分神社の四百年

笊(ざる)川てふ小川草薙(な)ぎ潮至る

## 導管

此方（こち）の空彼方（あち）の雲居と降り沈む

万緑や導管上る水その他

水注ぎ水漏れてゐる地獄かな

ぐるり風その日雨降り地図となる

いや既に起きてゐたのよエゴの花

列島の半分次第に白くなる

松の葉や苔や茸が知つてゐる

正式の通達でない雨が降る

被曝地の母馬牡の仔を産みぬ

汚染地の犬車追ふ遠くなる

餌絶えて鶏冠（とさか）黒ずみ死に至る

校庭の表土野積みのままに雨

背中から闇に這ひ出す鱗翅目

木の下に螢一匹あれ消えた

硝子戸や波動一刻高線量

篝

桔梗咲けばクサグモ早速花の中

警告音（アラーム）や鳴りっ放しの月見草

冷（すさ）まじや箒水汲み停められぬ

葛の花町村いくつ消えました

苔紅葉ひときわ高く鳴りて候

列島に棄て処なし巨費の水

堪へかね枕沈める秋の咳

在来線窓に置かれし二錠剤

車海老揃つて見つめる眼の高さ

ポクポクと朝の勤行水ばかり

秋芳梨

柴犬（をばさん）はつの字に寝ますうるさいな

十万の花に受精をさせて指

数百の乳房雫の凝（こご）りたり

一割はカラスがつつき雀蜂（はち）が吸ふ

なたまめのやうなつきだねなたでここ

## 影

いきものはふえるつみとがはぢしらず

極月や凧みたやうな雲ひとつ

残る児のバツトかぶつて長い影

金の陽は落葉林の向ふ側

冬の陽の墜つる峰から影法師

夜を寒み路面電車の軋りゆく

足首の硝子戸に映る夜寒かな

冬北斗もんどりうつて寝てしまへ

影法師骨は拾ふてやるからな

蒟蒻を抉り千切れる鰥夫(やもめ)かな

断崖や命乞ひせば奴隷なる

絶壁や四点確保の山羊ばかり

突落し途中で喰らふ鷲の嘴（はし）

蕪村忌や江戸に岩山なかりけり

極月や鼻は崖から落すべし

## はなびら

夜（よ）の森や花弁（はなびら）駅舎を埋（うづ）めけり
夜ノ森駅前

崖桜女六人瓶五本
五反田公園

雷の卵孵化して花見かな
雷神山児童遊園

七十年花も朧の車椅子

指扇療養病院

白焼と小樽重ねん花の下

某時某所

はなびらの岸辺くるくるふと離る

仙台市若林区

つと浮きて路上奔(はし)流れる花弁かな

武蔵府中

鎌倉極楽寺

葉桜を分けて十六夜ぬつと出て

nowhere

朧月馬と生まれてみたきかな

もう少し右とケヤキにいつも言ふ

暗号を解けば黒髪あらはるる

晩夏

四つ五つ狐の剃刀筏道

萱草やそれも記憶にありませぬ

灸花（やいとばな）向三軒両隣

月見草口裏合せて押し黙る

九十九里浜や抉（ゐぐ）れて夏の草

人妻の素足の裏の夏の草

山門や人影呑んで夏の萩

街道や夏手袋が森を指す

滴りや蜻蛉の黒き蝶黒き

祖師谷に低き崖あり魂離（さか）る

## 祖師谷

指触れば光る遠雷秘める息

乱れ髪梳かれるままの女神かな

夜は青お話せがむ螢かな

恋人と言ふに幼き夜の闇

祖師堂は時雨てやがて横なぐり

## 腰崖

まなぶたに夜風街の灯街の音シャチかマグロか救急車まで

裸海胆砂巻く波のまた波の

曙や体起こせぬヒゲクジラ

窓を視る夜の痛みの永ければ

痛み度計鬱度計なし体温計

点滴のポタリポタリと間氷期

春浅き腰から下が崖である

忘れ雪と掃除婦言へり五号棟

知らぬまに花咲き散りぬ崖の下

## 青嵐

アフリカは東岸出でて青嵐

目を閉ぢて何もしないよ青嵐

青嵐遠くで母の声がする

耳掻きや姉の膝上青嵐

背尾根から峠下れば青嵐

土手上は女学院なり青嵐

青嵐過ぎて悔ゆべきこともなし

故郷てふ二束三文青嵐

空気読むよろずやばかり青嵐

青嵐接吻接吻また接吻

黴

廃液や無限軌道の黴と錆

列島や滴り落ちる防護服

綿帽子かぶりて飯の這ひ出づる

風呂桶や忘れタオルのヌルヌルリ

赤黴の森遷移して極相期

黒青黄花咲きたまふ冷蔵庫

靴箱や胞子菌糸が呼び交わす

キャンバスの野原花咲く黴胞子

靴履けば菌糸豊饒指の谷

臓腑にも皮膚にも刺客の潜みゐる

## 顔

夏雲や硯の海に映る顔

かはほりや翼手の中に顔がある

レンズ越し対面してゐる蝶の顔

水面に顔だけ出して夏の月

草も木も茸も顔は要りませぬ

夏氷顔を映して融けにけり

夕立の後夜となり夜の顔

玉葱やムンクの顔が振返る

蚯蚓さんお口のところがお顔なの

## 瓦

一頭の半裸の獣横たはり雌蚊血を欲し周囲（まはり）飛び飛ぶ

トタン屋根血痕少し誰ぞ知らず

稲妻やこの世を 鯣（ずるめ） 裂きにして

屋上は炎熱眼下樹と瓦

カナカナや瓦枕の裏色絵

火にかへて螢入ればや枕（ちん）瓦灯

灼（や）け瓦出して墨磨る敗戦忌

謎々や瓦煎餅割りてみよ

花火了へ隣の瓦黒きこと

壊（や）れテレビ西日吸ひゐる桟瓦

鷭(ばん)啼きぬ瓦に雌雄ありし頃

瓦灼く五十四基の自爆塔

ヤリイカの腕先真中イカの恋

凧の糸切れて吸はれて天の点

足か腕ともかく抉(こ)じて開ける貝

## 足腕

蛸の嘴(くち)足の真中でカチと鳴る

寒月や蛸の子孵化す底の海

紅葉染むヒトにもありき交接腕

蛇よりも蛸になりたし秋深し

足腕や絡み解けずにメスとオス

孵化すれば単独者なり真蛸なり

蛸の足グニリグニリと噛む快楽（けらく）

乙姫は尻なき蛸を悲しめり

湯婆（ゆたんぽ）や寝息うるさいかぐや姫

床入れば額（ひたひ）冷たき六十路かな

涸谷

ギンギラのオリオン斜めせり上がり

平屋根のうしろオリオンせり上がる

畳・布団フォークユンボが積む冬日

冬の海手前流木汚泥山

海風や粉塵あたる椿の葉

白い家玄関前の枯弔花

涸谷は時雨鉄柵垂れてゐる

抉りたし青き氷河に潜む石

蘂(しべ)の径(みち)詩人重ねてもの言はず

十重二十重花弁重たき牡丹かな

## 二十重

分泌して擡(もた)げて春は重くなる

金羊や重ね漆の黒の中

春の灯が重たくなったもう寝ます

重箱の蓋ご先祖を裏返し

花びらを集め重ねて測ります

釜毀れ遣らずの雨の重きこと

人語断ち蟬聴きに行く六十五

蟬や蟬共鳴胴は雄ばかり

ひたすらに雌待ち啼きぬ一箇月

地上では楽器となりて果つるまで

蟬

蟬や蟬一途に鳴いて骸かな

真夜中に不意に蟬鳴きやがて熄む

蟬声に溺れんとして山に入る

蟬声の海のうねりの果てしなき

蟬声に浸る心身さかしまに

## 宿借

豆ほどの貝を宿借汁の底

鉛筆の中程齧る鳥渡る

宿借の宿替ふ暇に食せらる

宿題を為(せ)ぬまま人生神無月

霜月や蛙目を閉づ土の宿

坂の神濁酒（どぶろく）鬚を滴りて

玻璃天の下菊畑遠き声

大根の葉を刻み炒る宿の六

千万の窓閉づ音す吾行けば

虫五匹窓なき部屋に転がりぬ

## 窓

薔薇窓の垂直線の祈りかな

ずわい蟹お腹に小さな窓がある

モチノキの実の二三粒窓の桟

冬林檎窓外白赤旗の列

窓枠や白蟻羽化し零れ落つ

冬の窓柿色忽ち夜の底

窓売りが窓売りに来て窓開ける

振返る門歯に青き小葱かな

岬行く木造電車陽の匂ひ

鹿尻に匂袋のあるあはれ

匂

七種や俎包丁匂ふ青

離魂せば流星匂ふ枯野かな

高層の窓いつぱいに月匂ふ

海離（うなさか）る波除社の追儺かな

モンケンの落下春泥溢れくる

## 雨水

路地裏に槌音響く雨水かな

箱庭に蕗の薹ゐて見上ぐ空

盆栽の紅梅白梅首傾ぐ

春浅き地下鉄カーブ啼泣す

井戸や春汲めば柄の音水の音

猫の恋日本列島伸びてゆく

いいなおいわかっているな雨水かな

新緑やバンドエイドの熱溜まり

信号の緑発熱病める猫

橡(つるばみ)の華穂のし垂れぞ黄の微熱

微熱

春の野は微熱飛び立つ天道虫

あひびきの径（こみち）散り敷く赤き蕊

春雨の音聴いてゐる熱七度

地獄坂下る間際ぞ八重桜

吾行けば桜花満月微熱かな

## 紙の地図

紙の月剥がして暗闇祭かな

紙の城道化兵士と入れ替はる

紙の鶴何羽折っても夏の鴨

麦笛や紙でつくったカネだもの

折り紙の猫うつ伏せに青嵐

紙の地図折って丸めて不如帰

竹落葉紙の時代が過ぎてゆく

丸いとはかぎらぬ月を盆に盛る

芍薬や角盆に受く一重八重

梔子は黄ばみつ薫る大伽藍

盆

川跡のそれとは知らず著莪の花

花落ちて橡の葉まして透き通る

葦群れのいよよ強か桜桃忌

セキレイの白黒ツイとまたツイと

トゲウオの巣の夢見たり桜桃忌

カルガモの顔横にして人を見る

伊那谷や井月末期の五千両

谷行けば朽ちし屍の軍袴かな

楢山の谷は崖なり後顧すな

蓼の花谷をうずめて四隅なし

谷道

桜桃や涙の谷を転がりて

青大将谷を下りて千切れゆく

谷道を詰めば腹摺峠なる

ゆくりなく水羊羹の出来心

体内の水入れ替はり晩夏かな

水差し

水滴のひとつひとつがもはや秋

水差しの乙に構へて水差さず

水差しの横からいきなり水差せり

木と土と水を亡くして滅びけり

陸歩く蟹の甲裏に海あれば

陸(くが)行けるヒト腰瓢(ひさご)に水あれば

干瓢を戻せば水の秋なりき

湧き水の冷たき注ぐ川温き

川水のにほひ湧き水にほひせす

酒ならでうまき水飲む残暑かな

秋水や月は下総陽は武蔵

カルガモの堀水少し冷えてくる

秋水の音カラカラと空に入る

草結び穴掘る少年夏の果て

山霧の川面下りて海注ぐ

## 霧の中

山間(あひ)は霧の湖虹の橋

ジャンボ機のどこまで行っても霧と雲

桔梗(きちかう)は霧の間合に七八輪

霧の中に浮かびて没す命かな

議事堂や列島グラリ霧の中

判子てふものあるぞまだまだ霧の中

雁列のやがて替れる席次かな

柞実(ははそみ)にボトンボトンと言ふ茸

煩悩の坂に散り敷く黄赤葉(おちは)哉

菊喰へば母は白菊母の声

関取のカラオケマラカス種瓢簞（ひさご）

前世のしたたり落つる崖の水

そこからは前世となりぬ崖の水

蟻のぼる原稿用紙の桝目かな

背中あり目ありの紙や漱石忌

万力はつまり螺子（ねぢ）です師走です

極月や畳屋返す針の先

極月やナンバー２は処刑さる

極月や畳目に刺す針２本

極月や獲物失せたる針の先

浅春

宇都宮月はにんにくひとかけら

わりわりと山立ち笑ふ甲斐路かな

甲州や太平洋から来る津波

香る梅女颯と入るオテル・ロヴ

春眠やケイタイ寝ぼけてヴと返事

春の宵足音パタリすぐ止みぬ

ポケットに電池二個あり春の雷

春菊や電池てふ池買うて来て

丸四角菱形みんな雛の餅

目覚むれば葉桜の底口あけて

踵

火の国の春潰裂すやって来る

梅若忌稚児の二の腕三の腕

ガビチョウは九度啼きウグイス一度啼き

草餅を焼いてちちははは我である

踵(かかと)からずり落つ先に何もない

波除(なみよけ)の碑文剝落花蕊(しべ)の雨

## イイギリ

イイギリは花房解(ほど)き香りけり

イイギリや蘂三千のプレアデス

イイギリや光とともに蕊零る

イイギリの花軸鋪石に散じたり

イイギリは蘗三千の薄緑

イイギリの花序零れたり蘗の道

イイギリの花序下垂して匂ひける

イイギリや四百光年前の星

イイギリは散開星団匂ふ蘗

イイギリの蘂散開す銀河系

イイギリの蘂零る時星匂ふ

イイギリの花薄緑ほうき星

イイギリの樹冠こぼれる光雨

# Ⅲ

2016-2020

## 糸瓜

立夏せば海がもつとうねり来る

日本だけ日本人だけ瓜茄子

青葉なるものみな螺旋から開き

ヤマボウシ然(さ)ればよたびの白雨かな

糸瓜蔓剪れば滴る父母未生

蛇捩れ一日経っても解(ほど)けない

夕されば光かち合う瓶の肩

梅雨に入る重低音の止まず空

足裏を砂くずれゆく遠くなる

楢の木の突兀として森である

奥多摩梅雨

奥多摩や雲挿す峰の七八つ

奥多摩の柳小路の梅雨間かな

雲に入る峰幻の愛なりき

雲中の山足元はガレである

永遠の命怖ろし夏の夜

東京は醜い此処は風の家

梅雨晴れや彫金の音ぬけてゆく

横たへるからだ尺取り虫の汗

掻き取りて転げ転がす指の先

Ａｒｔなぞ知らぬ星石青蛙

尺取

Ａｒｔとは傲りなるかな韮の花

地下鉄や液晶照らす汗額

地上出る窓外さらに黒き夏

蒲の穂のアフリカ色に屯集す

風立てば鳥よこばしる雷来(らいく)らし

**遠花火**

蟬声の卒然として豪雨(あめ)になる

蟬声に溺れ雨声に溺れけり

十四の夏抜殻の蛇を棄て

夏帽子ルージュ引くとき口があき

遠花火靡(なび)かぬ者ら刮(こそ)がれし

ゴータマの腋臭ひけり鹿野苑（ミダガーヤ）

立札やマムシ交尾し息づける

八月の甘納豆のうつけもの

筍（たけ）や茸（たけ）藪の中にて息づける

沢蔵司稲荷をとつひ葛の花

軽子坂

蝮採り蝮沢来て暮れにけり

銀河には西東なく沙羅の花

夏の果て蛇崩沢の蛇惑い

野分去り蛇流れ来る五六匹

秋の蚊にすこし血をやる交尾（つが）へよ蚊

他愛なく男は落ちる剝いて棄て

男捥(も)ぎ愛でてしゃぶりぬ秋に遣る

軽子坂これから上がる下り酒

知られざる惑星ふたつ葡萄喰ふ

芸人の眉を落とせば螻蛄(けら)鳴けり

## 眉

秋水は眩しく暗く眉間尺

眉描けば空は紅色雁渡る

高音の外れ引眉独唱了

目も眉もなけれど柘榴誘ひをり

手を打ちて眉を失くして踊るかな

何方（どこ）睨む一本眉の案山子たち

あらためて見れば引眉秋の雛

晩秋の露地行止り崖なれば

露地奥は二様崖縁崖の裾

赫々の崖なり兵隊蟻の列

## 稲付

秋の蟻夕日の崖を一列に

赤羽の崖あかき秋(とき)蟻忙(せは)し

稲付の崖朝日吸ひ夕日吸ひ

赤羽に三つ谷あり朝日吸ふ

残菊やニッポン混血すればよい

取り戻す「日本」などない芋煮会

弓と弦すなはち弾機鳥渡る

投槍（スピアー）と弓矢の狭間鳥渡る

霜月や切なく求愛する雄鴨

かにかくに枕の下は冬銀河

枕草子

凍蝶は微睡む銀河のまた銀河

落羽松ふるさと棄てよ国棄てよ

木枕の窪み叩けば鷦鷯(みそさざい)

手枕やついと外れる冬カモメ

綴り来て枕草子大晦日

液晶の枕草子(ピロウノート)も大晦日

聖夜(イヴ)なるに二つ枕も使はれず

やはらかく冷たく太く根深かな

急坂を上れば雨雪滑り来る

二百十九段上る冬の海

下末吉

下末吉海食崖の寒さかな

ロボットの顔の家です冬の雨

雪肌を刺して谷へと急ぐ雨

いつの間に雪雨となる音がする

五倍粥啜り飽きたる漱石忌

あうあうと内臓呼ばふ春まだき

きしきしと体細胞の嬉しがる

たくらみて横目となりぬユリカモメ

石と鉄擦(こす)り合はせる寒さかな

鼻の先闇に寒さの集ひくる

冴ゆる

高速の路面ライトに冴ゆる雪

冴ゆる月わたしはお家がわからない

鏡面を磨く春月出づるらし

カッターを折る断面の寒さかな

体てふものありて触(さは)れぬ雪女郎

## 東京廃墟

東京はもとより廃墟いぬふぐり

腐りゆく檸檬部屋みな春の熱

高層や配管軋む春の雲

イースター卵は生と死のあはひ

むきだしの炉心見えない烟四季

爪伸びる速度春またやってくる

手風琴飛騨高山に春来らし

日本てふ躓きの石夏来らし

背中から化物になる夏になる

吾が背来る竹の落葉の囁けば

背割

トチにクリイイギリ匂ふおや霧だ

山道を抜けて背に負うクリの花

突端に罌粟の花咲く背割堤(せわりてい)

縄文や月の岬に貝の水

湯の花や椎の若葉の先に空

鰯群

桜桃忌酔蟹（スイシエ）六日漬候

酔ひて見る夢怖ろしき金と銀

夕空に鰯群舞ふ雀です

鬱鬱と寝をれば花火だらだらどん

花火やみあとはクルマの音ばかり

声高に論破してゐる夏の闇

海山の際産卵す月満ちて

柔らかき断層舐める夏の海

安房勝浦

ひとはみな時の寄人（よりうど）浜銀河

八月の満月母蟹磯いそぐ

河津

朝まだき一羽はじめるやがて蟬

滴るや隠れ入江の正断層

波くるり磯の巻貝敗戦忌

伊豆河津

蜩の未明沸き立つ潮かな

ジイジイにカナカナ混じる森全部

蟬鳴くや二百万年 然（しこう）して

九本の 梁（うつばり） 蟬の五万匹

漆黒の双玉触るる蟬の顔

紫の芋雷の落としもの

螺旋

曲尺や耳に鉛筆アキアカネ

紐あればつくる三角また四角

十二分して紐直角カネタタキ

サイカチや曲がりかねたる坂の下

葛花や地図に季節はなきものを

直線に歩き螺旋に出会ふ秋

螺旋から接線離脱秋雀

天高く風は螺旋に吹くやうだ

鏡売り鏡背負ひて芒原

秋雨の静かなる日々負けのこむ

さいかち窪

正と負の閾（しきゐ）群れ生ふ茸かな

秋雨の背に負ふ土の器（うつは）にも

秋の日や自負を瞳の猫である

秋雨や眼医者ばかりの犬の町

小平霊園さいかち窪

赤黄青野水膨るる森の陰所（ほと）

負時を逸（のが）してなほも菊づくり

黄昏や群雀ぐわり森に墜つ

群雀秋刀魚鰯如夕陽

座布団の七枚足りぬ漱石忌

石軟（やは）ら鎌倉七口冬の雨

鎌倉

竈猫（かまどねこ）七ツ下がりの雨つづき

大皿に命を盛りて聖夜とす

七面鳥よろめきながら聖夜バス

如月に人焼く烟炭素（カルボ）なる

炭焼きの匂ひ纏ひて山眠る

やうばけ

囂々（がうがう）と一夜を眠る炭灰に

吾が眠り汝が眠り炭灰に

楢炭や途中（なか）まで挽いて叩き折る

水槽に炭沈めけり泡は春

如月の日没光り富士は影

触れるなと言はれ触れざる春の闇

銀行の色さくら色あかぢ坂

こちこちと玉石春の午後に言う

春宵や接して離るイカ二匹

にくきことカレイ煮付の目玉ほど

一枚の音盤列島裏返し

兜太やうばけ

春崩る三百尺の西陽かな

六月の闇市声のよき方へ

道ひとつ消えて四辻の六地蔵

爪伸びる速度や雨季の午後三時

**桜桃忌**

空梅雨や六斎市の男巫(をとこなぎ)

密会や夜の梅の実膨らみぬ

胞子嚢膨る地震(なゐ)来る爪伸びる

チェリー詰め墓石赤文字桜桃忌

太文字(だのもじ)にチェリー詰めたり桜桃忌

泉岳寺

鋸（のこぎ）れば飛氷ただちに平水（たひらみづ）

マンゴーの汁吸ひ込まる大雪山

雪山を少し崩して匙苺

炎天の坂削平す重機乗り

氷撫づ氷平らに溶けてゆく

氷屋の口氷噛み氷呑む

ゴダールてふ甘酒屋あり泉岳寺

外も内も物理に従ふ熱暑かな

夏帽子目鼻分かたぬもの来たり

音もせす鉄塔雷雲（くも）に刺し入りぬ

ヘビー・レイン雷電ドタリバタリかな

豪雨去り娑婆の音また救急車

杖突きて獣佇立す秋立つも

ダリア咲く西片町の崖の家

父焼きし丘葛の花色忘れ

奥州

黒嫌ひ真白も嫌ひ曼殊沙華

奥州を東北てふな曼殊沙華

鴉啼きて土手一列に曼殊沙華

恐竜が悲鳴停止す新幹線

トンネルで縮み膨るる速度かな

真夜中に坊主の頭新幹線

鳥籠を積めばマンション秋の空

長月や豪雨爆撃して都心

滝の雨都心長月天の底

野分後枝落ちの咎木々伐られ

息少し少しずつ嗅ぐ寒の梅
寒卵息する人の胸に置く
風花や息する時に喉に着く
白鳥の吐く息白く舞ひあがる
嘴やタンチョウヅルの息の白

息

啼き交はす白鳥の息白く白き
息詰めて雪の結晶描きけり
紙一枚一枚だけの暖かさ
かうかうとかはしそらきゆとりのしろ
石炭や石油から核ヒト穴に

新しき神話縄文森の陥穽(あな)

縄文や森の神話の霧霞

下げ花や五十年目の白泉忌

青靴にＮの字白く行くや春

絶間なく虫滅びゆくヒトや春

蛇行

本郷の春や別れの春なれば

流星や銀河も春は蛇行して

ハマグリやいのちあるもの悲の器

老ひ人や花桃喰ひて花の糞（まり）

春卒す彗星凶事伝ふ人

伝説に氷河期なくてまたの春
伝道のひと花むしる花ちらす
蜘蛛の巣の垂れて微風の在所かな
春分の太陽嵐（フレアストーム）夜闇に

## 水鏡

水底を潜り来たれば朧月

水臭き電車地上は月夜かな

水黴の胞子飛散す啄木忌

一〇〇万人餓死して靖国祭かな

トーキョーや都心溶融（とけ）だし鳥を見ず

タワマンを黒蝶螺旋にまいてゆく

腹筋やむかし花びら零れきて

水鏡水飲む前に放哉忌

花の渦善意正義の道奈落

亀鳴かぬ民主人民共和国

万愚節

目覚めても無限落ち来る花ばかり

剃刀や花の芽ならず葉の芽なり

吹き曝し大気に水に傷の花

プレートの端ぞ地獄の花見せん

三鬼忌や和を令すてふ馬と鹿

万愚節戦艦夢から醒めぬらし
列島や枠付元号掲ぐひと

昭（あきら）けく和して骸（むくろ）の三百萬そのおほかたの渇き飢ゑ果つ
極東の島王エンペラ名のらせて芋侍ら元（ゲン）号を担ぎて

# 春暈

６０年後のソネット

板垣囲ム
汝ガ家前ハ
白樫小藪
曲ル瀬ノ渦
吾ガ家裏ハ
櫻ノ小川
木橋ニ腹這ヒ

見詰メテキタ
水面瓣渦（ミヅモハナウヅ）
立チテ指呼セン
雙水ノ間
木立家影
茫々タリ黄
菜ノ花ノ渦

＊１９５５年頃の生家裏の記憶。
旧住所は、仙台市南小泉八軒小路９２の１０（西文化）。
用水路を隔てて、旧伊達家の農園「養種園」がひろがっていった。
貨物鉄道敷設にかかり１９５８年に同南小泉字屋敷１４の２２に転居。

仙台舟丁

石臼や抹（こす）り出てくる茶と香り

五條橋翁茶を煎（に）る五月かな

新緑の樹々思ひきり高い高い

新緑はむくむく光る子らの声

新緑の勝山公園光る声

舟丁の水に枝垂るる五月かな

駄菓子屋の引戸格子の五月かな

石橋屋舌歯に適ふ五月かな

老ひ桜むかしひとりの子どもゐて

**後**

壇上の旗に一礼背後霊

初鰹後は腐らぬものが海

回る寿司後で数える皿屋敷

後悔は役立たずなり黐(もち)の花

青蛙あれはあの後どうなつた

苔の花神社の後ろ何もない

人後馬後牛後もあるぞ牛蛙

梅雨の隙(ひま)置いてけ堀に魚籠(びく)ひとつ

小網代

# 森と湾

二聯ソネット

梅雨の隙(ひま)
空には光
天の際
刷毛の薄藍
雲少し
浮び躊躇(ためら)ふ
尾根外れ

羊歯（しだ）葉の間（あはひ）
谷地下り
なほも下れば
かの光
かなたし梢枝（こずゑ）
知らぬ鳥
此彼啼き交はす

葦原に
蛇柳（じゃやなぎ）点じ

半夏生
花穂並む湫地（な）（くてち）
榎枝
木陰休らひ
いにしへの
干潟過ぐれば
入江はや
上げの　漣（さざなみ）
岩棚に
散り群れる蜷（にな）

踏み避けて
波食窪触る

拭

撫で拭ひ抓り皮剝く桃の尻

木道に椨（タブ）の花満つ隙間かな

乱鶯や過去は拭へるものならず

口拭ひ尻は拭はず藕の花

柿の花萼（がく）はそのまま蔕（へた）となる

じゃがいもの花や最後は死んで見せ

凌霄(のうぜん)花や男死ぬまで虚に憑かれ

苔生すも血債拭ふ能はざる

芸や美や要らぬものみな蛇衣

鯉金魚真鮒目と口あけたまま

目と口と歯があり生きて汗拭ふ

血債は忘れた頃に夏の雲

向日葵やまつさかさまにゼロとなる

ゼロならずマイナスであるアキアカネ

井戸底でトンボ飛ぶ見るうた歌ふ

零

盆をどり町内会の轆轤首

列島の夏や空気のゼロとなる

『永遠のゼロ』てふ売文あるらし

零（ゼロ）なれば永遠（とは）の余地なし原爆忌

油漏る防風窓の照り返し

季節なき餓島ここにも骨欠片（かけら）

エムペラてふらし

つみなきがごとくそのまま土葬さる

大声と強弁嘘つき藪枯し

テレビ消せこの日街中蟬ばかり

秋声

うろこ雲うごかずうたて雲走る

液晶やヘイト茸の胞子飛び

影動く夏虫活きてゐるすこし

目を閉ぢよ秋声背後から来る

十四億年先地球赤裸

着陸や野分足止め Hell の声

夏果てぬ海面ぐいとにじり寄る

経験をしたことがない？野分言ふ

秋の蚊やすこしづつ血を頒けてやる

アルミ鍋叩き出したる夕焼ける

激（げき）しみな叩き潰さん突如秋

叩

叩いても叩いても秋釘の折れ

海膨れ次々叩きに来る秋

石橋を叩いてなほもアキアカネ

ひとでなし叩いて揉んで酢に漬けて

秋時雨メガネずり落つ口開く

月光や満艦飾の魹（とど）ヶ埼

列島や難民絶食死ぬ晩夏

鶺鴒の小首傾げて我を見し

仙台市博物館二句

四十雀次々逆さに覗き込む

落葉の森に日中不戦の碑

## しづ子の忌

山茶花やまだ実もならぬ花すこし

加持祈祷陰陽道にも屏風かな

繊月や実は隠れて蟹の棲む

金の実のみるみる茶色猫の髭

升の中どんぐりばかり猫の髭

おとしのどんぐり実生紅葉して

実石榴を割つて搾（せせ）りて含（ふふ）み喰ふ

寒昴巨湫も知らぬしづ子の忌

産まれ来て幾夜か啜（すす）る薯蕷（とろろ）汁

生きものは生きものを喰ふ蜂の仔煮

永遠の生ぞ怖ろし銀河系

電源をオフにして秋の山に入る

舌先で星を啄む冬の月

舌先を堅く突き出し冬の月

秋水のあとに冬水割れ鏡

## 水鳥

水鳥の水蹴って発つ十万羽

水鳥の一斉に発ち旋回す

水鳥は夕べ斜めに着水す

水鳥のカップル水面ひた走る

水鳥のつがひ水面（みなも）を並走す

## 伊豆沼

海生(あ)れて四十億年大晦日

白鳥は逆立ち潜る脚だけ黒

白鳥の喉や金管吹き交はす

白鳥やチューバもホルンも囂(やかま)しい

慇懃なお辞儀するもの突つくもの沼の岸辺の白いひとたち

灰色は今年シベリア生まれなりヤポンの水の如何に候

くりこま高原駅近く・マガン

雨上り冬の田圃の真中で食事してゐる恐龍の裔（すゑ）

さんざめき食事してゐる不図一羽広げる羽根の色うつくしき

首立ててこちら見ている一羽だけマガン数十田なかの食事

新幹線大宮駅手前

夕暮れに呑まれかけたるひとつ山関東平野に入りたる車窓

縄

縄綯はず紙縒る獄の師走かな

極月を水素運搬船の闇

正月や曳けば綱てふ掛けば縄

縄文は晩期海退雪女郎

縄文の前に貝文冬菫

玉

みぎひだり頭足類の大目玉

立春の玉子ころころ戻れない

颯と切れば新玉葱の粉硝子

玉丼の新玉葱の白き儘

マスク

不作為の列島おぼろ月夜かな

鳥帰るマスク二枚の島後に

護摩の灰後手にたうとう蝮草

朧月後ほど後から御免なさい

ヒト消えて運河水澄み春の魚

拾遺

ビニールの曲げて刃挿せば裂けてゆく

石の影メロス走らず殺される

石拾ひ石投げずまま石持てり

晒されて従はざるもの双の耳

二日月子猫爪立つ寒さかな

腿裏を抱けば裸の獣なり

枝撓(しな)ひ目白飛び立つ春の雪

ゆっくりとボタ雪あやすケヤキかな

雪止んで真ん中分けの木立かな

諸共に真っ逆様に崖なりき

冴返る敗退転進類語集

然様なら滅びてしまへ春の雪

赤海鼠(なまこ)恥と恐怖と叫喚と

繫縷(はこべら)は影も形も零(こぼ)れけり

階段や仔猫見上ぐる闇の先

桃月やテールランプが紐となる

憶えなき布下がりをり夜明け前

万緑に犯されあをく化粧して

十薬（どくだみ）や駅裏路地右母実家

いつだつて秋海棠は濡れてゐる

列島のそこから湧きだす夏の雲

籐椅子の背もたれ何処まで耐へる空

飢ゑ渇（かつ）ゑミネルヴァ兜に水を汲む

夏風邪や吾山繭になり申す

飴色の海に一族座礁して

胡桃(くるみ)餅胡麻(ごま)餅糂粏(づんだ)餅織女星(ヴェガアルファ)

弦月やぐいぐいふうと赤ん坊

音すべてものの影なり十三夜

天秤の西に傾(かし)ぎて定まらぬ

創世は仏といへど粒子かな

秋桜（コスモス）の花蘂いきなりもぐる蜂

山の水裸足で下り来る龍田姫

橋梁や鉄は夕陽を吸ひてなほ

秋の陽や江戸図畳めば暗くなる

暗闇で茸口開け笑ひをる

T定規雁列東五二度

戻りても薪燃やせぬかの故に

議事堂の廊下の奥のすつぺら坊

永田町樹枝伐りたる寒さかな

凍鶴や軍刀抜いてふりかぶる

坂道の堅雪剝すまた剝す

寒灯といふ喫茶店やめておく

籠り夜に一度二度聴く呼子かな

鏡屋の鏡々に雪滾滾（こんこん）

灯の不意と消えけり遠雪崩

黒き湯に入る体が欠けてゆく

足熱器あって頭寒器ない受験

冴返る血柱二本立つてゐる

## 後拾遺

角質を毟（むし）る血が出る冴返る

川岸のすこしふくらむ桃節句

谷桜埋（うづ）めし寺の柱跡

死顔は口あけたまま目刺かな

両手して丘をよじりて春抱かむ

丘の辺に少年少女のままの春

丘の上で二曲セロ弾き卒業す

青麦の中来るちちはは我なりき

明か明かと浅蜊笑ひぬ鍋の中

太宰三鷹寓

タンポポを糧とせし日も堀合

吾といふ檻腐（くた）るまでシヲマネキ

梅雨入りやクレーン少し高くなる

ヒトもネコも命果つもの梅雨明けぬ

錆花も末摘花も梅雨の中

古語辞典むかし誘女（いろ）あり汗くさき

鉄鎖濡れた分だけ重くなる

守宮（やもり）さんお茶でもどうぞありがたう

揺れてゐる洗濯バサミよしなさい

不埒なる野菜齧りて不埒なる

ダイサギの首長きこと夏干潟

破れ傘山高ければ谷深し

広島やデルタ垂直気化一輪

列島を呑み込んでゐる夏の口

卑怯でもエゴでもよろし鳥渡れ

皿渡し黄金(こがね)のやうな月が出た

希釈して海に流して秋深し

月よりの使者釈然とせず帰る

釈明の余地なしドングリ乱れ落つ

会釈してさて誰だつけ十三夜

丸きもの月に団子に猫の球(たま)

足柄の宿秋草の紐ほどく

月光や義足白々立ってゐる

秋雨や目医者ばかりの犬の町

小春陽や音なく湧きて去る枯葉

牛久・大村

葦苅や心(しん)を折るヒト折らるヒト

Old Amazon

蘂の雨樹冠はるかに外輪船

耳付きの小鍋が七つ夏の占(うら)

萱野行く接線虚空を翔び交はす

影踏めばふり向きざまに消ゆる街

コロコロと一まはりして毛ものなり

右目から食べて左目寒の夜

年の瀬や時間は煙猫の髭

海生れて四十億年大晦日

鈴なりの冬木鳥来て鳥帰る

横浜や沼を抱きてひそまりぬ

聖戦や頓首ころがる黄土の穴

財務省

春や泥ネズミまま嘘（ごと）ヒトは遺書

春泥や二十二の父窮まりて

獅子星（レグルス）やそのかみ溢るヒトの影

ヒトなべてこもる春夏まだかすみ

逃水の逃どころなくひたしくる
逃水の逃どころなくみちてくる
逃水の逃どころなくあふれくる
逃水の逃どころなくおそひくる

あとがき

前作の『短詩計畫　身體地圖』（深夜叢書社）は二〇〇〇年の八月刊で、この第二集まで二十年の間隔がある。こうしてまた一冊にしてみると、質量ともに前集を超えるものではないことがよくわかる。「身體地圖」の帯に齋藤愼爾氏から「奇才」という評語を頂戴したのはビギナーズサービスの類であったろう。

『秋櫻』（コスモ石油発行）誌に投句させていただいたのは二〇〇二年七月の第一二八号が最初で、その終刊は二〇一三年九月の第二六二号であった。毎号ではないものの、そこで齋藤氏のほか柿本多映、宗田安正、みつはしちかこ、吉本和子、高澤晶子、渡部伸一郎、廣澤一枝、新海あぐりらの方々とご一緒できたのは過分な幸いであった。この第二詩集の半分弱は『秋櫻』掲載作をもとにしている。

一方、中村裕氏が新宿ゴールデン街「ナベサン」で始めた「鍋句会」は二〇一〇年二月にスタートし一年ほどつづいた。それをうけるかたちで翌年から「ナベサン句会」がはじまりそれはいまなお継続している。当集のこれまた半分弱はそこへの出句がベースとなっている。ナベサン句会は主宰をおかない当番制とし、入替りはあるもののおもなメンバーは渡辺ナオ、秋山豊、秋山信子、北川美美、岡山晴彦、三瀬敬治そして私の七人で、愉しくかつシリアスなお稽古場である（別途『123箇月　2010-2020ナベサン句会の記録』刊）。

この集は概ね時系列によって三部に分け、拾遺を付して五パーツとした。漢字や仮名表記も統一していない。基本的に旧仮名遣いであるが、「イイギリ」は種名のため「イヒギリ」とはせず、逆に秩父小鹿野の「ようばけ」は入日を正面にする「陽崖」と解して「やうばけ」とした。

年少期に親しんだのは山村暮鳥や萩原朔太郎などの近代詩である。収録作の一部にそのイミテーションを見るのは容易であろう。短詩型はここ二十年ほどの無手勝流にすぎないが、句作の場に召喚してくださった齋藤氏および諸先達、句友の方々のご厚意にあらためて御礼申し上げる。

著者略歴

1949年仙台市南小泉に生。おもな著書『短詩計畫　身體地圖』(深夜叢書社、2000年)、『地図・場所・記憶』(けやき書房、2010年)、『デジタル鳥瞰　江戸の崖　東京の崖』(講談社、2012年)、『古地図で読み解く　江戸東京地形の謎』(二見書房、2013年)。日本文藝家協会会員。

短詩計畫第二

天體地圖

著　者　芳賀 ひらく

発行所　之潮 (Collegio)

装　幀　毛利　一枝

185-0021 国分寺市南町 2-18-3-505
Phone & Fax 042-328-1503
http://www.collegio.jp　info@collegio.jp

2020年6月30日発行
印刷製本富士リプロ印刷
限定150部

© HAGA Hiraku 2020, Printed in Japan
ISBN978-4-902695-34-2 C1092 ¥2800E